Christian Jolibois
Christian Heinrich

La petite poule
qui voulait voir la mer

POCKET

L'auteur

Fils caché d'une célèbre fée irlandaise et d'un crapaud d'Italie,
Christian Jolibois est âgé aujourd'hui de 352 ans.
Infatigable inventeur d'histoires, menteries et fantaisies,
il a provisoirement amarré son trois-mâts *Le Teigneux*
dans un petit village de Bourgogne,
afin de se consacrer exclusivement à l'écriture.
Il parle couramment le cochon, l'arbre la rose et le poulet.

L'illustrateur

Oiseau de grand travail, racleur d'aquarelles
et redoutable ébouriffeur de pinceaux,
Christian Heinrich arpente volontiers
les immenses territoires vierges de sa petite feuille blanche.
Il travaille aujourd'hui à Strasbourg et rêve souvent à la mer
en bavardant avec les cormorans qui font étape chez lui.

Cet ouvrage a reçu le Prix du livre de jeunesse de la ville de Cherbourg 2001.

Du même auteur et du même illustrateur :

Un poulailler dans les étoiles
(Prix Croqu'livres 2003)
Le jour où mon frère viendra
(Prix du Mouvement pour les villages d'enfants 2003)
Nom d'une poule, on a volé le soleil !
Charivari chez les P'tites Poules

Loi n° 49-956 du 16 juillet 1949
sur les publications destinées à la jeunesse : mai 2005.

ISBN : 2-266-15118-5

Achevé d'imprimer en France par Pollina, 85400 Luçon – n° L96277b
Dépôt légal : mai 2005

À Claire, ma toute première lectrice.
Ton Pèèèèère.

(C. Jolibois)

À Antoine, petit, tout petit
voyageur en marche.
Papa.

(C. Heinrich)

Au poulailler, c'est l'heure de la ponte !
Sous le regard attendri de leur maman,
les petites poules s'appliquent
et se donnent beaucoup de mal.
Seule Carméla refuse de faire son œuf.
– Pondre, pondre, toujours pondre !
proteste-t-elle,
il y a des choses plus intéressantes
à faire, dans la vie !

Carméla préfère écouter
Pédro le Cormoran
lui parler de la mer.
Pédro a beaucoup voyagé !
Et même s'il est un peu menteur,
la petite poule adore les histoires merveilleuses
qu'il raconte.

" Un jour, moi aussi, j'irai voir la mer ",
se dit la petite poule.

Un soir,
au moment de regagner le poulailler
pour aller dormir,
Carméla se révolte :
– Je refuse d'aller me coucher
comme les poules !

Moi, je veux aller voir la mer !

– Aller voir la mer ?
Et pourquoi pas voyager pendant que tu y es !

Le père de Carméla n'a jamais entendu
quelque chose d'aussi stupide.

– Est-ce que je voyage, moi ?
Apprends, Carméla, que la mer n'est pas
un endroit convenable
pour une poulette !
Allez, au nid !

Cette nuit-là,
Carméla ne parvient pas
à trouver le sommeil.
Soudain, n'y tenant plus,
elle se lève.
– C'est décidé, je pars !
Je pars voir la mer !

Carméla regarde une dernière fois
son papa, sa maman,
ses frères, ses sœurs,
ses cousins, ses cousines
et quitte le poulailler sans bruit.

Mais, au matin,
ses efforts sont récompensés.
Arrivée au sommet d'une dune,
elle aperçoit enfin...

Courageusement, Carméla
s'enfonce dans la nuit...

Elle marche longtemps,
si longtemps que bientôt
elle ne sent plus ses pauvres
petites pattes.

Carméla est éblouie
par le spectacle merveilleux
qui s'offre à ses yeux.
– Comme c'est beau ! s'écrie la petite poule.
Encore plus beau
que ce que m'a raconté Pédro !

Impressionnée par les immenses vagues,
Carméla hésite à entrer dans l'eau.
Elle commence
par faire des châteaux de sable,
ramasse des coquillages,
déguste des crevettes.
Puis elle se jette à la mer.
Elle boit la tasse – glup ! glup ! –
tousse, crache, fait la planche,
nage, plonge, glisse
et fait même pipi dans l'eau...
Et elle rit, elle rit...

Le jour commence à baisser
et Carméla songe à rentrer au poulailler.
Mais, horreur ! La côte a disparu !
Impossible de retrouver la terre ferme.

– Papa ! Maman ! hurle la petite poule.

Personne ne répond.
Écrasée de fatigue, Carméla s'endort,
perdue dans l'immensité de l'océan.

Soudain,
Carméla est tirée de son sommeil
par des cris perçants :
" Poule ! Poule à la mer ! "
Trois formidables navires
viennent de surgir.
Trois belles caravelles.
C'est le grand Christophe Colomb
en personne qui fait route
vers le Nouveau Monde.
Tout à coup, une vague énorme
projette Carméla sur le pont
de la *Santa María*.

– Plumez cette volaille et faites-la cuire !
ordonne le capitaine.

Carméla refuse d'être mangée !
Elle raconte alors son incroyable voyage
pour impressionner Christophe Colomb.

— Ça suffit ! s'emporte Christophe Colomb.
À la casserole !
— Attendez, capitaine, s'écrie Carméla.

Un œuf !

Je promets de pondre un œuf frais
chaque matin, pour votre petit déjeuner.
Ce sera l'œuf de Christophe Colomb.

Elle se mord aussitôt la langue !
— Pondre un œuf ? Aïe, aïe, aïe !
Jamais je n'ai fait ça !
Et maman qui n'est pas là
pour me montrer comment on fait !

– Oh ! Ça ne doit pas être si compliqué !
Et elle se met à l'ouvrage.

– Ça y est ! J'ai réussi ! Faciiiiile !
J'ai pondu un œuf ! J'ai pondu un œuf !

Un matin,
alors qu'elle pond son trente et unième œuf,
la petite poule aperçoit une plage
et une immense forêt à l'horizon,
Carméla vient de découvrir l'AMÉRIQUE !

— Vite, vite !
Trouver un bon coin où gratter !
Voilà des semaines que je rêve
d'un bon ver de terre bien frais !

À bord de la caravelle,
les semaines passent.

À l'ombre des grands arbres, un petit coq l'observe :
– Ça alors ! Une poulette toute blanche !

Carméla s'avance, un peu intimidée :
– Bonjour, je m'appelle Carméla...
– Moi, c'est Pitikok...
– Je viens d'un lointain poulailler,
là-bas, de l'autre côté de la mer...
– Ouh, là, là, tu viens de loin !
– C'que tu es rouge, Pitikok...
– Et toi, c'que tu es belle, Carméla !
Viens, je vais te présenter à mes parents.

– Papa, maman !
Devinez qui vient dîner ?

Ce soir, en l'honneur de Carmela,
c'est la fête au poulailler.

– Pitikok ? J'voudrais te demander...
Pourquoi les poules de chez vous
ont-elles le derrière tout nu ?

– C'est la coutume. Les Indiens utilisent
nos plus jolies plumes pour se faire beaux !
Suis-moi dans ma cachette secrète,
Carméla, on sera plus tranquilles !
– Chouette ! Dis ? Je peux reprendre
de ces bonbons jaunes ?
– C'est pas des bonbons, c'est du maïs !

Pitikok veut tout savoir sur Carméla.
– Tu as des frères ? Des sœurs ?
Comment est ta maison ?

Carméla lui parle de son vieux poulailler et
de son grand ami, Pédro le Cormoran.

" Ce qu'elle est drôle, pense Pitikok. "
– Euh... Carméla...
– Oui, Pitikok...
– Si tu es d'accord, demain,
je t'emmène visiter mon pays.

Et les voilà partis
sous la conduite de Pitikok.
Au fil des jours, ils découvrent
qu'ils s'amusent des mêmes choses.
Ils n'ont jamais été si heureux.

– Pitikok, t'entends le tambour des Indiens ?
– Non ! C'est mon cœur qui bat très fort
car tu es près de moi...

Carméla et Pitikok sont de retour
au poulailler des poules rouges.
Ils ne se quittent plus.

– Hooouuu, les z'amoureux... !
Hooouuu, les z'amoureux... !

Le temps passe vite.
Christophe Colomb a fait hisser
les voiles de son navire.
Il est temps d'embarquer !
Pitikok aime tellement Carméla
qu'il a décidé de partir avec elle.
Il fait ses adieux à toute sa famille.

— Bouhouuu, pleurniche sa maman.
On élève son bébé,
et puis un jour il vous quitte.

Après plusieurs semaines,
Pitikok et Carméla arrivent enfin
devant le vieux poulailler.
– Hééé ! Regardez qui nous revient !
– C'est Carméla ! Carméla est de retour !
– Maman !
– Mon poussin ! Laisse-moi te regarder.
Comme tu as grandi !
Tu es devenue une vraie dame.

– Et qui est ce jeune poulet si charmant ?
– Je m'appelle Pitikok, m'sieu.
– Bienvenue dans notre poulailler,
mon grand !

Au printemps suivant
Carméla et Pitikok assistent,
très émus, à la naissance
de leur premier enfant,
un mignon petit poussin
qu'ils décident d'appeler Carmélito.

Quelques mois plus tard...

– Carmélito ? C'est l'heure de rentrer !
– Déjà ? Encore une petite minute, m'man,
je regarde scintiller le ciel dans la nuit.
– C'est l'heure d'aller dormir !
– Dormir, dormir, toujours dormir !
Je refuse d'aller me coucher
comme les poules, proteste Carmélito.
Il y a des choses plus intéressantes
à faire, dans la vie...

Moi,
je veux aller
dans les étoiles!